KB117371

◦ 마지의 감정사전 ◦

오늘도
불안한가요?

불안하고 예민한 날들을 '잘' 살아내기 위한 안내서

정말 완벽해!

모린 마지 윌슨 지음 | 박성진 옮김

Qrious

KIND OF COPING

Copyright © 2019 by Maureen Marzi Wilson
Published by arrangement with Adams Media, an imprint of Simon & Schuster, Inc.,
1230 Avenue of the Americas, New York, NY 10020, USA.
All rights reserved.
Korean Translation Copyright © 2020 by NEXUS Co., Ltd
Korean edition is published by arrangement with Simon & Schuster, Inc.
through Imprima Korea Agency

이 책의 한국어판 저작권은 Imprima Korea Agency를 통해 Simon & Schuster, Inc.와의 독점계약으로
㈜넥서스에 있습니다. 저작권법에 의해 한국 내에서 보호를 받는 저작물이므로 무단 전재 및 무단 복제를 금합니다.

마지의 감정사전: 오늘도 불안한가요?

지은이 모린 마지 윌슨
옮긴이 박성진
펴낸이 임상진
펴낸곳 (주)넥서스

초판 1쇄 발행 2020년 6월 25일
초판 2쇄 발행 2020년 6월 30일

출판신고 1992년 4월 3일 제311-2002-2호
10880 경기도 파주시 지목로 5 (신촌동)
Tel (02)330-5500 Fax (02)330-5555

ISBN 979-11-6165-676-2 03840

출판사의 허락 없이 내용의 일부를
인용하거나 발췌하는 것을 금합니다.

가격은 뒤표지에 있습니다.
잘못 만들어진 책은 구입처에서 바꾸어 드립니다.

이 도서의 국립중앙도서관 출판예정도서목록(CIP)은 서지정보유통지원시스템
홈페이지(http://seoji.nl.go.kr)와 국가자료공동목록시스템(http://www.nl.go.
kr/kolisnet)에서 이용하실 수 있습니다. (CIP제어번호 : CIP2020023018)

www.nexusbook.com

∽∙ 차 례 ∙∽

✧ 이 책에 대하여 ✧

우선, 이 책에 대해서 말하자면 당신을 '치유'해주지 못할 것입니다. 이 책은 심리학 서적이 아니고, 의학 전문서적도 아니며, 자기계발서도 아닙니다. 이 책에는 심신안정을 돕는 스무디를 만드는 레시피 같은 건 나오지 않아요. 하지만 만약, 당신의 일상에 불안이 함께하고 있다면 이 책을 통해서 그 외로움을 조금은 덜 수 있을 거예요. 왜냐하면 당신이 불안을 겪는 바로 그 순간을 저 또한 경험했고 그 느낌을 알기 때문이지요. 청소년이 된 이래로 항상 일종의 불안감을 느끼며 살아왔어요. 그래서 힘들고 지칠 때도 있었고, 또 어떤 때에는 불안감을 제법 잘 다스린다고 생각하기도 했죠. 그 크기가 커지거나 작아지기는 했지만, 기본적으로 불안이 사라진 적은 한 번도 없었어요.

제일

달달한

카이엔
페퍼

유리병에
담아야
효과가
있다

도롱뇽의 눈알

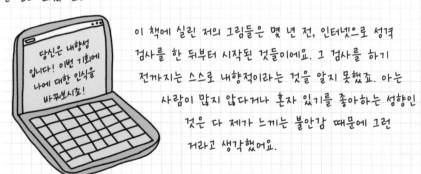

당신은 내향성
입니다! 이번 기회에
나에 대한 인식을
바꿔보시죠!

이 책에 실린 저의 그림들은 몇 년 전, 인터넷으로 성격 검사를 한 뒤부터 시작된 것들이에요. 그 검사를 하기 전까지는 스스로 내향적이라는 것을 알지 못했죠. 아는 사람이 많지 않다거나 혼자 있기를 좋아하는 성향인 것은 다 제가 느끼는 불안감 때문에 그런 거라고 생각했어요.

하지만 저는 불안감을 많이 느끼는 내향적인 성격으로 밝혀졌죠.
그래서 그 의미를 알기 위해 노력하기 시작했어요.

행동 중에서 어떤 부분이 내향성에서 비롯된 것이고,
또 어떤 부분이 불안함에서 비롯된 것일까?
습관 중에서 어떤 부분을 인정하고 받아들이며,
어떤 부분을 고치도록 노력해보아야 할까?

파티에서
자연스러운
내 모습
그대로
즐긴다.

내향성

불안 상태

파티에서
테이블
아래에 몸을
숨긴다.

이러한 과정을 겪으면서 든 생각과 경험들을 계속 쓰고 또 그렸어요.
그러면서 나 자신을 조금 더 이해하게 되고, 또 받아들일 수 있게 되었죠.
여기, 저의 낙서들이 당신에게도 효과가 있기를!

XOXO, 마지.

  긍정적이고 활기찬 일상을 위해
이 책의 마지막 파트를 꼭 봐주세요!

5

모든
감정들

- 주로 당황스러움과 관련된 -

불안이란 마치 불청객과 같다. 이 불청객은 내 머릿속, 배 속, 명치 어딘가, 그리고 마음속 깊숙한 곳에 자리를 잡는다.

저기, 내 캐리어는 어디에다 둬야 해?

난 여기에 있을 거야.

평소에는 자기 자리를 묵직하게 채우고 있던 불안이라는 녀석은 시도 때도 없이 어둠 속을 슬금슬금 기어 다니며 자신의 존재를 알린다.

불안은 감정적으로 또 신체적으로 그 증상이 나타난다. 감정적으로는 걱정, 불길함, 두려움이 뒤죽박죽되고, 신체적으로는 메스껍고 근육이 굳어지며 심장이 빠르게 뛰고 숨쉬기가 힘들어지기도 한다.

모르는 사람들은 "그건 다 네 머릿속에서 벌어지는 거야"라고 쉽게 말한다. 하지만 머릿속에서 시작될지언정 끝까지 머릿속에만 머무르지는 않는다는 것을 좀 알아줬으면 좋겠다. 물론 이렇게 말하기가 쉽지 않으니 그저 속으로 생각만 할 뿐이다. '사람들이 이걸 알아준다면, 좀 더 친절해질 텐데' 하고. 그래서 나는 불안할 때의 내 머릿속을 사람들에게 보여주고 싶다...

불안과 함께 살아간다는 건..?

8

오늘은 얼마나 불안한가요?

문제없어

괜찮아

약간 긴장

비교적 스트레스

완전히 사로잡힘

해롱해롱
미쳐가는 중

기능 정지

완전히 넋이 나감

거의 초죽음

잠들기 전 루틴

이를 닦고

세수하고

잠옷을 입고

책 읽다가

전등 끄기

그리고 걱정 근심

불안이 짜증으로 다가오는 순간들

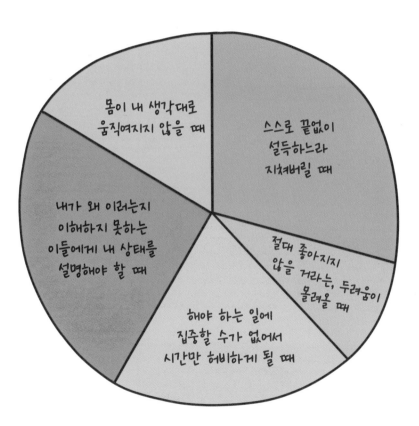

몸이 내 생각대로
움직여지지 않을 때

스스로 끝없이
설득하느라
지쳐버릴 때

내가 왜 이러는지
이해하지 못하는
이들에게 내 상태를
설명해야 할 때

절대 좋아지지
않을 거라는, 두려움이
몰려올 때

해야 하는 일에
집중할 수가 없어서
시간만 허비하게 될 때

11

대부분의 사람들이
가지고 다니는 것들

내가 가지고 다니는 것들

선글라스

백팩

재킷

무능함에
대한 두려움

꾹꾹 눌러
담은 울화

우울한 기억

휴대폰

몸무게가
늘어서 생긴
죄책감

텀블러

지금껏
받았던 모든
평가

반복되는
불안한 생각

핸드백

어쩔 줄 모르겠는 어색함

불안함이 불쑥 튀어나오면

불안감 빙고 - 당신이 경험한 모든 증상에 표시하세요!

치와와처럼 몸을 떤다	답답함에 산소를 갈구한다	이성을 잃는다	녹초가 돼도 잠을 이루지 못한다	"그래"라고 말하고 싶으면서도 "아니"라고 말하게 된다
숨고 싶다	혐오, 걱정, 근심, 두려움, 의심, 심리적 장애들	심장이 벌렁거린다	가만히 있을 수 없다 또는 움직일 수가 없다	말을 자꾸 버벅-버벅-버벅-버벅거린다
심지어 아무 문제가 없을 때도, 모든 게 잘못된 것 같다	빨개진다	자유를 느낀 적이 없다	고래가 출산하는 것처럼 배에서 우르릉 소리가 난다	폭식을 한다 (또는 초절식!)
자아비판	근육에 쥐가 난다	손바닥에 땀이 찬다(으윽)	겨드랑이에 땀이 찬다 (으으윽)	사소한 일에도 짜증이 난다. 예를 들면 지금 이 네모 칸이 처음의 네모보다 작은 것 때문에
과대망상	성과부진	공황장애	생각을 말로 표현하지 못한다	어른스럽게 행동할 수 없다

그의 시선

불안의 시선

쉬잇!

너무 평화롭게 잠들어 있어서
깨우고 싶지는 않지만...

근데 나 도저히 못 참겠어.

얘는 왜 아직도
여기에 있는 거지?

자기야, 좋은 아침!

불안

말도 안 되는 건 알지만 분명히 영향을 미치는 두려움

수영복이 엉덩이에 끼었을까봐
겁나서 수영장 밖으로
못 나오겠어.

내가 외출한 사이에
예약해둔 DVR이 녹화가
안 되고 있을까봐 걱정돼.

소리 내서 뭔가를 읽을 때
발음을 잘못할까봐 두려워.

발음하기 어려운 단어들 :
군도(archipelago),
진창(slough),
여성혐오(misogyny),
세룰리안(cerulean),
우스터셔 소스(Worcestershire sauce)

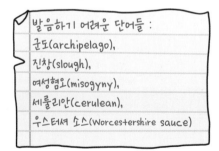

카드 리더기가
느리게 작동하면
내 계좌가 해킹되어
전 재산이 모두 털릴까봐
공포에 사로잡히지.

가끔씩 나는 그냥 몸이 안 좋다고 말한다.

음, 저기... 나 몸이 좀 안 좋아서, 오늘 저녁엔 안 될 것 같아. 미안해...

응, 알겠어. 빨리 나아!

왜냐하면 사람들은 감기에 걸리면 어떻게 되는지 이해하니까...

두통
메스꺼움
식은땀
피로
몸살

하지만 불안에 사로잡히면 어떻게 되는지, 대부분의 사람들은 잘 모르지.

두통
메스꺼움
식은땀
피로
몸살

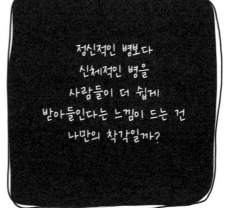

정신적인 병보다 신체적인 병을 사람들이 더 쉽게 받아들인다는 느낌이 드는 건 나만의 착각일까?

열등감을 불러일으키는 사람들

남의 작품

내 작품

인스타그램에서 본 13살짜리 작가

반짝이는 머릿결을 가진 이들

머릿속으로 암산할 수 있는 사람들

15%... 소수점 아래는 빼고, 일단 10%. $1.98, 2로 나눠서, 더하고... 1을 옮겨서... (팁 계산 중)

총액: $19.87
팁:
합계:

어머, 예쁘기도 해라! 토실토실한 다리! 너무나 사랑스럽지 않니?

아무도 나의 통통한 다리를 칭찬해주지 않는군.

아기들

8살 때, 나는 수영장의 높은 다이빙대에서 뛰어내리고 싶었어.

하지만 다이빙 보드에 올라섰을 때, 마음이 바뀌었어.

심장이 빠르게 뛰고, 다리는 떨리고, 어떻게 숨을 쉬어야 하는지도 모르겠더라고.

뛰어내리기에는 너무 무서웠고 그렇다고 뒤돌아가기에도 겁이 났어.

요즘 들어서 공황발작이 오는 것을 느낄 때면, 나는 그때 그 감정을 다시 마주하지...

두려움에 사로잡힌 채로 다이빙 보드 끝에 서서, 내 스스로가 한없이 작고 무력하게 느껴졌던 그 순간.

나를 불안하게 만드는 것들

24

불안함이 어떤 느낌이냐면

코르셋을 입은 것과 같아.
가슴이 꽉 끼고, 숨을 쉬기가
힘들고, 배가 아프지.
분명 내 몸인데 불편해.
남들이 보기에도
내가 어색하게
굳어 있는 게
느껴질 정도지.

만화경 속에 들어간 것 같아.
세상이 너무 눈부시고 계속해서
바뀌어서 정신이 하나도 없어.

무언가를 파악했다 싶으면
바로 또 바뀌어버리지.

무대에 올라선 것
같아. 매순간이...
내가 해야 하는
대사를 알지 못한 채
올라온 듯하지.

해야 하는 일과 하지 말아야
하는 일, 그리고 하지 않았으면
좋았을 뻔한 일들을 적어둔 포스트잇
수백만 장을 내 머릿속에 붙여놓은
느낌이야.

포스트잇을 떼는 경우도 있지만,
항상 새로운 포스트잇이 그 위에
추가되는걸.

공황 발작이 다가올 조짐이 보일 때면, 초반의 경고에 좀 더 주의를 기울여야 해.

예를 들면 근육에 쥐가 나고 뭉친다거나

메스꺼움이 밀려온다거나

감정이 컨트롤되지 않고 요동친다거나 하는 것들.

나는 할 수 있어.

초기에 이 신호들을 잡아낸다면, 이건 내 행동을 조정할 수 있는 기회가 되고

나 자신을 좀 더 잔잔한 물가로 이끌어갈 수 있지.

자주 하는 생각들

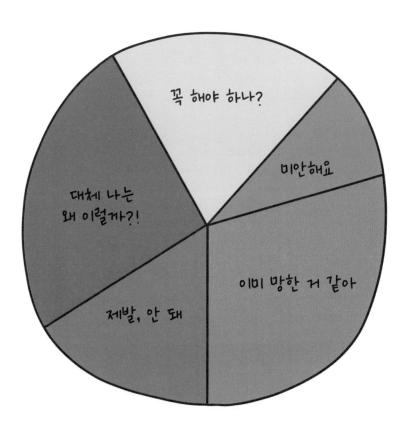

꼭 해야 하나?

미안해요

대체 나는
왜 이럴까?!

이미 망한 거 같아

제발, 안 돼

가끔씩 불안장애가 나타나려는 게 감지되면, 나는 일단 그 상황에서 떠나곤 해. 이건 개인적인 감정도 아니고, 심지어 선택할 수 있는 것도 아니야.

이걸 뭐라고 설명해야 할까...?

아주 중요한 회의에 참석했는데, 갑자기 화장실이 가고 싶어졌다고 상상해봐.

그 상황에서 갑자기 일어나면 실례니까, 최대한 미소를 짓고 사람들의 말에 귀를 기울여야 하겠지.

미팅이 계속될수록, 점점 더 필사적인 노력을 해야 하고.

집중하려고 정말 노력해보지만, 이 자리를 떠나야 한다는 생각밖에는 안 들 거야. 1분도 더는 못 있겠다고!

이건 긴급상황이야. 비상사태라니까!

그래서... 일어나서 나올 수밖에. 정말로 그러고 싶지는 않지만, 선택의 여지가 없는 걸.

불안장애는 지금 내 설명과 아주 비슷해. 긴급상황이고 동시에 부끄럽지. 하지만 알잖아, 저런 상황만 아니었더라면.

예시가 좀 그렇다는 건 나도 알지만... 그래도 이제는 뭔지 좀 알겠지?

29

나를 우울하게 만드는 것들

높은 곳에 올라가서 저 아래 사람들이 종종대며 가는 것을 바라볼 때

페이스북 돌아보기

열을 지어 날아가는 철새들

중고가게에 있는 핸드메이드 물건들

겨울에 해가 지고 난 후의 푸르스름한 시간들

레몬파이를 맛볼 때

계절이 바뀌고 옷장을 정리할 때

저 멀리 사라지는 기차의 기적소리

스팅의 노래 '황금빛 들녘(Fields of Gold)'

조용한 방에서 시계가 똑딱거리는 소리

비에 젖어서 반짝이는 도로

구멍 난 양말 한 짝

바람 부는 날

녹아내리는 양초

이끼의 냄새

노트의 마지막 페이지에 다다를 때

내가 깨달은 것이 있는데

바깥세상으로 나올 때면...

나는 작게 움츠러들어.

하지만 집에서는...

공간을 마음껏 차지하지.

찰스 M. 슐츠로부터 영감을 받은 카툰입니다.

우울해질 때, 기분을 나아지게 하는 아이디어

잘 차려입는다.
혹은 대충 입는다.
아니면 옷을 벗는다.
뭐가 되었든 기분이
좋아지는 방향으로
한다.

말장난

뭔가 유치하고 웃긴 것을 읽는다.

나만의 둥지를 만든다.

내가 사랑스럽다는
사실을 기억한 후,
소리 내서 말해본다.

봉제 인형을
껴안는다.
(이런 걸
해도 괜찮은
나이입니다.)

다이어리에 감정을
전부 다 쏟아낸다.

아주 기분 좋고 근사한
무언가를 먹는다.
아-주- 천-천-히
먹는다.

무언가
사랑스러운 것을
보며 칭찬해준다.

이건 좀 불편해

- 사회불안장애가 있는 삶에 대하여 -

나에게는 앞에서 말한 범불안장애(generalized anxiety disorder, GAD)뿐만 아니라, 사회불안장애라는 것도 있다. 이것 때문에 나의 전반적인 걱정병에는 좀 더 복잡한 층위가 더해졌지. 즉, 나는 아직 벌어지지 않은 미래의 불행들만 걱정하는 것이 아니라 내 주위 사람들이 나에 대해서 어떻게

생각하는지, 그리고 내가 남들에게 어떻게 보이는지까지 걱정하고 초조해하는 것이다. 나에게 있어 인간관계는 - 일반적인 사교활동부터 사업적인 거래관계까지 - 스트레스와 스스로에 대한 회의감으로 가득한, 일종의 짐 같은 거다.

나는 내 스스로 정한 안전지대 너머로 나 자신을 천천히, 안정적으로 내보내는 방법을 배우는 중이다. 하지만 내가 긴장으로 곤두설 때 겉으로 아무렇지 않은 척을 하려면 여전히 힘겨운 노력이 필요하지. 사람들은 내가 표정관리를 잘 한다고 하는데, 아마도 그건 내 나름의 대처방법 중 하나인지도 몰라. 그런데 사람들은 이런 일을 극복하는 것이 나에게 얼마나 힘든 것인지, 조금이라도 짐작할까? 아마도 나는 감정을 숨기느라 너무 많은 에너지를 쓰고 있는 것인지도 모르겠어. 어쩌면 이런 내 상태를 다른 사람들에게 조금은 알려줘야 할지도 모르겠다.

내가 하는 말

내가 하는 생각

파티를 즐기는 법

꽤 쓸 만한 핑계

나 알레르기 있어.
응, 수영장 파티
알레르기. 별거 아니야.

나, 통금시간이 있어.
저녁 8시에는 들어가야
해. 주말에는 7시까지.

상담 선생님이 그러는데
나는 바비큐 파티에
가면 안 된대.

그런 활동은 제 정치적인
신념과는 맞지 않는
것 같네요. 저는 볼링
반대주의자거든요.

나는 안 되겠다.
누구 기다리는 중이라서.
음, 택배기사님 말이야.

안타깝지만
저는 의사(닥터)랑
약속이 있어서요.
소곤소곤
닥터 페퍼하고요.

38

완전 좋아!

인내와 생존에 대한 정말 근사한 스토리 아니니?

그룹 토론을 할 때면 언제나

산꼭대기니까 얼마나 춥겠어. ← 끗끗

나 예전에 이름이 '에베레스트'라는 강아지를 본 적이 있어. ← 유치함

← 주제에서 벗어남

산악 등반가들은 야외에서 소변을 볼 텐데 어떻게 동상에 걸리지 않는 걸까?

내가 하고 싶은 말을 신중하게 생각한다.

온갖 힘든 일은 네팔 사람들인 셰르파들이 다 했는데, 왜 이런 외국인 산악 등반가들이 영웅 취급을 받는지 이해가 잘 안 돼. 현지인들과 그들의 신성한 땅에 대한 노골적인 착취와 불균형한 대우도 불쾌하고.

그러다 마침내 내가 발언을 할 준비가 되면,

내 생각은—

다음 달에는 애니 프루의 소설집을 추천하고 싶어.

오, 나도 읽고 싶었는데!

대화는 다른 주제로 이미 옮겨져 있다.

39

내 안의 불안이  을 가로막는 순간

있잖아, 너 나하고-

안 돼, 미안.

너 내 말 끝까지 듣지도 않았잖아. 혹시 영화 보는 거 좋아하면-

나 바빠.

내가 하려던 말은, 혹시 네가 이번 토요일에 영화를-

나 그날 머리 다듬으러 가야 돼!

기다려! 아직 토요일 몇 시인지도 말 안했어!

내가 거짓말을 하는 이유

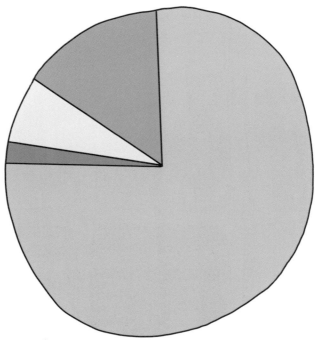

- 🟪 나의 개인적 이익을 위해
- ⬜ 다른 누군가의 기분을 좋게 하려고
- 🟪 의견 충돌을 피하고 싶어서
- 🟩 남들과 인간관계로 엮이고 싶지 않아서

당혹스러웠던 오늘의 에피소드

손님, 계산이 너무 느려서 죄송해요.
오늘따라 관절염이 도져서 그래요.

양해 부탁드릴게요.

내가 생각한 것

아니에요, 괜찮아요. 천천히 하세요.

실제로 입에서 나온 것

안 괜찮아요!

· · ·

죄송해요, 제가 좀 이래요.

혼자가 될 수 있는 방법

미스터 부, 우리 오늘 점심으로 뭘 먹는 게 좋을까? 뭐 먹고 싶어?

손인형을 항상 끼고 다닌다. 그리고 인형에게 속삭이며 자주 대화한다.

모든 대화를 이렇게 시작한다...

우리 고향별에서는 말이지...

피부톤의 의상을 제작한다. 상하의가 붙어 있는 일체형으로.

GUM

껌 대신 마늘을 씹는다.

파티에 있을 때 불안함이 밀려오면

잠깐... 혹시 나... 지금 즐거워하고 있니?

와우! 나 방금 농담을 했어! 하하, 나도 남들을 웃길 수 있다고!

그런데... 나 방금 너무 이상하게 웃은 거 아닌가?!

갑자기 조용해졌네. 오, 안 돼! 설마 내 농담이 무례했던 걸까?

우유에 관한 농담을 한 건데! 앗, 잠깐! 팀은 유당불내증이라 우유를 소화하지 못하잖아! 난 왜 이렇게 둔감할까?

쟤 괜찮아?

응. 얘는 파티에 오면 항상 이러더라.

나는 정말 최악이야.

45

우리 각자 자기소개를 해보자. 재밌게 말이야! 그럼 시작해볼까?

음, 안녕. 나는 마지라고 해. 재밌는 거... 어... 나는 비행기 화장실 공포증이 있어... 헤헤, 웃기지. 하지만...

여행을 떠나면 나는 불안해지거든. 그래서 속이 더부룩하게 안 좋아지고... 그럴 때 크래커랑 진저에일을 먹으면 좀 나아질 줄 알았는데...

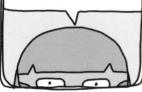

하지만 더 안 좋아지는 경우도 가끔 있어. 그러면 나는 비행기 좌석에 있는, 토하라고 갖다놓은 비닐봉지에다가 토하는 게 좋을지 아니면 좋아터진 화장실로 가야 할지 선택을 해야 하고...

근데 자리에서 토하면 승무원이 내 토가 든 비닐봉지를 만지게 되잖아. 그래서 나는 공포증이 있음에도 불구하고 용기를 끌어 모아서 기내 화장실로 가는데, 그 앞에는 항상 줄이 있어서...

자, 이제 다음 사람~

내 이름은 베키. 재즈를 좋아해.

잠깐만, 나 다시 하면 안 될까?

안 돼

47

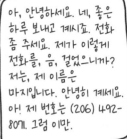

확실한 도피 전략

이봐...
저기 마지야?

감쪽같이
쉬여들기

신중하게
물러나기

국가가 저를 부
르고 있다고요? 알
겠습니다, 지금
바로 출동합니다.

긴급 사태
연출하기

숙이고
엎드리기

나는 대화를 나누는 중에도
상대에게 내 불안감을 숨기는 데
전력투구할 때가 있다.

피자 토핑은 역시
브로콜리가 최고야!

으음, ...응응

그래서 상대방이 무슨 말을 해도
그냥 다 동의하기도 한다.

어쩌구저쩌구강아지어쩌구저쩌구시끄러운데어
쩌구저쩌구   물어서어쩌구저
쩌구개   가어쩌구
저쩌구   말썽을
어쩌   구저쩌
구어   쩌구저
쩌구   개물고
어쩌   구저쩌
구필요   해서어쩌
구저   쩌구짓
                   는데

그저 대화를 멈추고 싶다는
생각밖에 없으니까.

그래, 나도 강아지
너무 싫더라.

나 왜
이런
말을 하고
있지?!

50

처음으로 (그리고 마지막으로) 해본 장기자랑

세계 곳곳의 엄청난 균열들

그랜드캐니언

마리아나 해구

헬스캐니언

화장실 칸막이의 틈새

나를 긴장하게 만드는 문장들

우리 이야기 좀 해.

의사 선생님이 이제 들어오실 거예요.

스포일러가 있어.

그러면 최악의 경우는 뭘까?

실례가 될지 모르지만, 그래도...

너에 대해서 좀 얘기해줘.

진짜 솔직하게 말해주길 원해?

우리 전에 만났잖아. 기억하지?

이따 전화할게.

그래서 고객님이 지불하실 총액은...

아뇨, 죄송하지만 저희 가게에는 화장실이 없어요.

아차.

365일 내내 수줍은 사람

나는 왜 수영을 싫어하는가

병균이 득실거리는 국물에
온몸이 절여지는 것 같아서.

으악, 갑자기
느껴지는 이 뜨끈함의
정체는 뭐지?
우웩!

윗도리가 풀어져서
떠내려갈까봐
불안해서.

실제로 반쯤
벌거벗었기 때문에!

수영장에 있는 모든
사람이 나보다 더 멋지고
매력적으로 보여서.

핸드폰을 손에 들고 있지
않을 때면 벌거벗은
느낌이 들어서.

이 물속에는 분명히!
상처에서 떨어진 반창고,
살을 먹는 박테리아,
각종 체모가 있을 테고,
그리고 어쩌면 상어도
있을지 몰라.

할로윈의 가장 무서운 점

캔디 코너의 선반이 다 털려서 황량해진다.

나에게는 초콜릿이 필요해!

CHEAP MIX

모든 사람들이 무슨 코스튬을 입을 거냐고 물어본다.

난 조커로 꾸며볼까 생각 중이야. 너는 뭐로 할 거야?

나는 투명인간을 고민하고 있어.

할로윈 파티들

그것은 눈 하나, 뿔 하나, 날아다니며 사람을 먹는 보라색 괴물...

그냥 날 먹어줬으면.

밤새 문을 두드리는 낯선 이들

쾅 쾅 쾅

딩동 딩동

쉿! 숨은 걸 들킨다고!

컹! 컹!

사회불안장애가 있는 이들을 위한 대응전략

뭔가 바쁘게 움직여라.

뜨개질

낙서하기

코 후비기

추가: 최근 들어 나는 코 후비기는 상황의 개선에 있어 별다른 도움이 되지 않음을 발견했다.

수다쟁이 친구를 대동하라.

파티에서 먹을 채소요리를 사가려고 가게에 들렀는데 마지가 말하기를, 콜리플라워를 진심으로 좋아하는 사람은 없다는 거야. 그냥 다들 의무감으로 먹는 거라고.

그래서 우리는 그냥 빵집에 들렀어. 그치, 마지?

응.

사전에 흥미로운 화젯거리의 리스트를 작성해보라.

☐ 해마
☐ 프로이트
☐ 치즈 만들기
☐ 유령
☐ 얼굴에 난 털
☐ 최근 유행 드라마
☐ 로봇
☐ 열기구
☐ 신종 바이러스

모든 사람들이 벌거벗었다고 상상하라.

검열 삭제

가장 멍청한 전략이었어! 사람들이 벌거벗는다고 해서 '절대로' 불안이 해소되지 않아. 내가 해봤어.

57

생일을 싫어한다고? 넌 대체 왜 그래?

생일 축하합니다, 생일 축하합니다~ ♪♬

아, 속도 더부룩하고 불편해.

귀엽고 숨겨놓기 좋은 화장실 휴지를 사왔어. 마음에 드니?

이건... 와우. 무슨 말을 해야 할까.

고마워. 이 휴지 덕분에 내 배변활동을 아무도 모를 것 같네.

띠링 띠링 띠링

뭔가 기괴하네. 전부 답장을 해야만 하나?

R 생일 축하해!
R 생일 축하해!
R 생일 축하해!
R 생일 축하해!
R 생일 축하해!

그냥, 내가 이상한 거 같아.

불편한 대화를 피하는 방법

59

멘탈이 산산조각 나는 순간들

누군가가 전화번호를 물어보는 순간,
머릿속이 텅 비어버린다.

상대방과 동시에 말을 시작하고,
그것이 반복될 때.

파티에서 나가는 순간(야호!) 모든 사람이
개별적으로 작별인사를 하고 싶어 할 때(우우!)

아무런 준비 없이
계산원과 손이 닿을 때

사회생활을 하면서 나는

내 휴대폰을 훔쳐본다.

상황에 맞지 않는 말을 한다.

셔츠가 근사하네요.
마음에 들어요.
옛날 해적 같아요!

멍하니 가방을 뒤적거린다.

내가 무슨 표정을 짓고 있는지 과도하게 신경 쓴다.

슬그머니 화장실로 도망친다.

마음속으로 내 침대를 그린다.

먹고 먹고 또 먹는다.

손을 주머니에 숨긴다.

그리고 패닉

최악을 골라볼까요?

파티를 열었는데 아무도 안 오는 것

흠, 그래.

파티를 열었는데 딱 한 사람만 오는 것

저기... 어... 음악 멈추면 의자에 먼저 앉기 게임 할래?

싫어.

파티를 열었는데 모든 사람이 나타나는 것

쇼핑은 불편해

타이즈가 어디 있는지 못 찾겠네.
레깅스 코너로 가볼까?

흠, 없네.

양말 코너 쪽으로 가볼까?

여기도 없구나.

좋아, 그러면 속옷 코너로 가면 있겠지?

없어! 아 이건 말도 안 돼!

멍청한 가게에서 내 시간만 낭비했어!

손님, 도와드릴까요?

어, 음~
아니에요.
괜찮습니다.
하던 일
계속하세요.
그럼 안녕히
계세요.

혹시 당신이 나에게 전화를 걸고 싶다면...

부담 갖지 말고 전화하세요.

65

꼭 해야만 하나요?

- 책임감과 불안감이 충돌하는 순간 -

불안감은 매일 반복해야 하는 일상적인 일에서도 압박감을 가져온다.
불안감에 사로잡히게 되면, 이메일에 답장을 하거나 마트에 가서
장을 보거나 청구서에 돈을 내거나... 지금껏 당연하게 늘 해왔던
일들도 도저히 못할 것 같다는 기분이 든다. 불안감과 책임감이
충돌하게 되면, 모든 게 엉망진창이 되어버린다고!
때때로 나는 나 자신 때문에 속상해.

> 남들은 다들 잘만 해내는데, 왜 나는 이런 걸
> 해결하지 못하지? 내가 너무 멍청한가?
> 나한테 뭔가 문제 있는 거 아니야?

내가 모든 일을 해결하지 못하는 것은 사실이야. 하지만 남들 역시 그렇다는 것을,
점차 깨닫는 중이지. 우리 모두에게는 약간의 인내심과 아주 많은 자기 연민이 필요해.
힘든 하루를 보내고 난 뒤, 나에게 이런 말들을 속삭여준다.

> 오늘 하지 못했던 일들에 대해서 용서할게.
> 그리고 오늘 못한 일은 내일 다시 해보기로 하자.

계속하고 있다는 것만으로도 충분하다. 나는 충분해.

너무 더러운 거 같은데.. 샤워를 해야겠어.

침대에서 욕실까진 너무 멀어. 그리고 샤워하면 온몸이 젖는데.

이번 주엔 빨래를 안 했잖아. 깨끗한 수건이 없어...

그냥 이대로 누워서 지저분한 채로 뒹굴거리는 게 어떨까.

이것 봐! 난 이렇게 결정을 내렸고 그걸 지키고 있어! 화이팅!

이걸로 오늘 하루치의 체력과 생산성을 다 써버렸네.

불안증이 심한 날,
일단 집밖으로 나갈 수 있게 해주는 것들

뚝 떨어져버린 화장실 휴지	눈앞에 닥친 쓰나미	카페인	불청객
저 신종 바이러스에 걸린 것 같아요. / 그게 아니라, 환자분은 무좀이에요.			이렇게 빨리 가게 해서 너무 미안해. 하지만 나는 지금 정말 '긴급하게' 달걀이 필요하거든.
건강 염려증	가스 냄새	(또 다른) 가스 냄새	손님
허걱 저스틴이야!	도서관에 반납해줘!	.50¢ Nutella $2.50 $5.99	내가 왔어! 아이스크림도 가져왔어!
내가 좋아하는 아이돌과 마주칠 가능성	대출 기한을 넘긴 책	생필품의 파격세일	절친이 도움을 구했 때
	마지? 할머니다. 기억은 하니? 도대체 언제 오는 거니? 발톱 깎아야 하는데 좀 도와주렴!	TACO BELL	
화재	죄책감	타코벨이 먹고 싶어서	요 녀석 ♡

70

불안에 사로잡힐 때면

더구나 외출을
너무 많이 했다면...

내면의 세계로 들어간다.

마지?
내 말 듣고
있는 거니?

아마 듣지 못할
것 같아. 얘 또
상상에 빠졌네.

73

74

내가 절대 하지 않는 일들

모르는 사람에게 시간 묻기

저 사람이 소매를 지금보다 조금만 더 걷어 올리면...

남들 앞에서 아파하는 모습 보이기

맙소사

난 괜찮아! 이보다 더 괜찮을 수 없어!

길 물어보기

괜찮아요. 제게 GPS 있거든요!

쿠폰 쓰기, 그냥 못하겠어

저기요, 음, 제가 돈이 별로 없어서요...

대신 신문에서 오린 종이 쪼가리를 드릴게요.

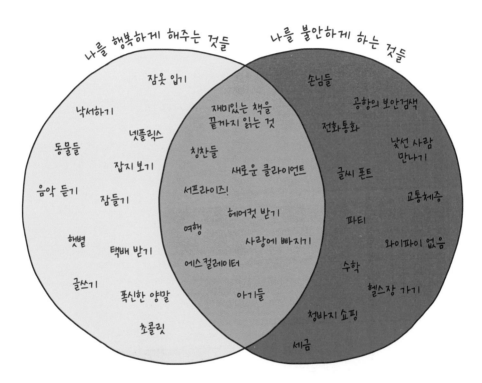

나를 행복하게 해주는 것들

나를 불안하게 하는 것들

잠옷 입기

낙서하기

넷플릭스

동물들

잡지 보기

음악 듣기

잠들기

햇볕

택배 받기

글쓰기

폭신한 양말

초콜릿

재미있는 책을
끝까지 읽는 것

칭찬들

새로운 클라이언트

서프라이즈!

헤어컷 받기

여행

사랑에 빠지기

에스컬레이터

아기들

손님들

공항의 보안검색

전화통화

낯선 사람
만나기

글씨 폰트

교통체증

파티

와이파이 없음

수학

헬스장 가기

청바지 쇼핑

세금

손님이 온다고 했을 때 비로소 내 눈에 보이는 것들

짝이 맞는 컵과
그릇이 하나도 없다.

내 베개는 솜이 뭉쳐서
울퉁불퉁한 팬케이크 같다.

부엌에 있는,
말 그대로 유일하게
먹을 수 있는 음식

의자에 쌓아둔
잡동사니가
무너져 내리기 직전!

HOT
SAUCE

메가
치즈볼

피부 발진
진정 연고

무대 뒤의
이야기

토니 댄자

남에게 보여주기
부끄러운 것들이
여기저기 널려 있다.

남 보기에
민망할 정도로
낡은 잠옷

불편한 장소들

파티장

이렇게 하는 게 맞나?

헬스장

교실

이 부분은 조별 과제로 내줄 거예요.

은혜로운 예배에 잘 오셨어요. 모두 일어서서 새로운 신자를 환영해줍시다!

교회

그러면 마케팅 전략 회의를 시작하죠. 마지, 시작해요.

직장

지구라는 행성

내가 했다면 분명히 망했을 직업들

안녕하세요, 지금부터 5분 동안 진행할 설문조사에 참여해주시겠어요?

그쪽하고 통화하고 싶지 않은데요.

에휴 저도 같은 마음이에요.

텔레마케터

방송인

옆머리는 조금만 쳐주실래요? 저기 선생님? 이봐요!

헤어 디자이너

남편이 나한테 선물 준다고 사왔는데 사이즈가 라지예요. 나한테 라지 사이즈가 맞겠어요?

그럼 미디움 사이즈로 교환하시겠습니까, 고객님?

미디움 입어봤는데 너무 작아요.

에휴~

고객 상담 센터 직원

지금, 인사를 해야 하는 상황인가?

- 사회적 불안증을 가진 사람들을 위한 가이드

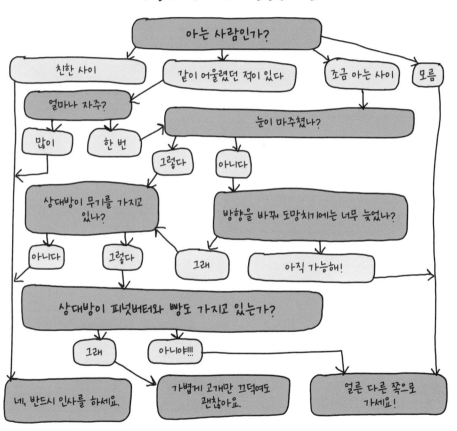

아는 사람인가?

친한 사이 / 같이 어울렸던 적이 있다 / 조금 아는 사이 / 모름

얼마나 자주?

많이 / 한 번

눈이 마주쳤나?

그렇다 / 아니다

상대방이 무기를 가지고 있나?

아니다 / 그렇다 / 그래

방향을 바꿔 도망치기에는 너무 늦었나?

아직 가능해!

상대방이 피넛버터와 빵도 가지고 있는가?

그래 / 아니야!!!

네, 반드시 인사를 하세요.

가볍게 고개만 끄덕여도 괜찮아요.

얼른 다른 쪽으로 가세요!

인터넷에 작품을 공개한다는 건 무서운 일이에요! 거기에는 당신의 영혼과 심장이 담겨 있으니까...

연약한 당신의 내면을 보호막도 없이 드러내는 거죠.

하지만 그럼에도 작품을 인터넷에 공개하는 건, 그걸 통해서 조금이나마 이 세상에 변화를 가져올 수 있을 거라는 희망이 있기 때문이라고 생각해요.

인터넷

전 괜찮아요.

왜 전화를 안했냐고 묻는다면...

- ☐ 무슨 말을 해야 할지 모르겠어서
- ☐ 당신이 먼저 전화해주기를 바랐기 때문에
- ☐ 전화통화를 한다는 것 자체가 너무 불편해서
- ☐ 솔직히 말하면, 그 정도로 당신한테 빠진 건 아니라서
- ☐ 변기에 휴대폰을 빠뜨렸기 때문에

당신이 알아줬으면 하는 것은...

- ☐ 내가 더 노력할게
- ☐ 나 원래 이런 사람이야
- ☐ 내 잘못은 아니잖아
- ☐ 정말 미안해
- ☐ 사실 미안하진 않아

그래서 이렇게 해줬으면 좋겠어...

- ☐ 통화보다는 문자를
- ☐ 나한테 시간을 좀 줘
- ☐ 먼저 다가와 줬으면
- ☐ 나한테 너무 많이 기대하지 말았으면..
- ☐ 날 좀 내버려둬

남자친구

집을 팔고 싶은데요. 어떻게 해야 하는지 좀 알려주시겠어요?

네, 우선 제가 고객님의 자택을 방문하게 됩니다. 고객님의 자택 곳곳을 확인하고 이상하거나 보기 안 좋은 점을 지적해 드립니다. 그 후 고객님의 사적인 공간 곳곳을 촬영해서 인터넷에 올려서 온 세상 사람들이 볼 수 있도록 하겠습니다.

이후 누군가가 고객님의 집에 대해 관심을 가지면 방문 일정을 잡게 됩니다. 그렇게 수많은 사람이 여기저기 문을 열어보고 고객님의 옷장을 들여다보고 화장실을 사용해볼 수 있습니다~

이와 함께 고객님의 자택을 상시 개방하여 거리를 걷던 사람 누구라도 집에 입장하여 고객님의 기물을 만져볼 수 있도록...

고객님?

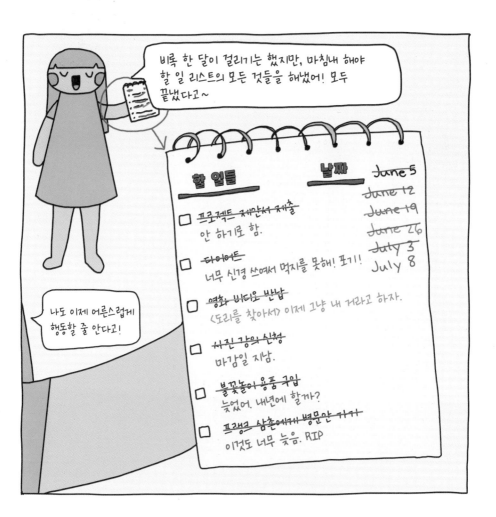

남들이 보기에는 내가 하고 있는 이 작업이 생산적인 활동으로 보이겠지.

하지만 진실은...

내가 이런 일들을 하는 이유는 그저...

너무 불안하기도 하고

나를 짓누르는 스트레스 때문.

정말로 해야 하는, 중요한 일들을 피하는 중이지.

녹화를 시작하기 전
내 모습

녹화를 하고 있는
내 모습

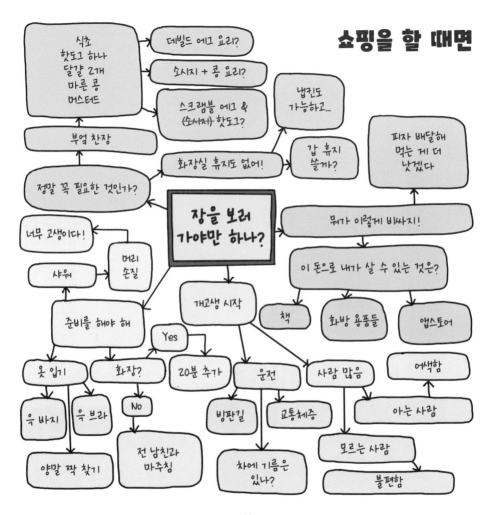

식초
핫도그 하나
달걀 2개
마른 콩
머스터드

데빌드 에그 요리?

소시지 + 콩 요리?

스크램블 에그 &
(소시지) 핫도그?

냅킨도
가능하고...

부엌 찬장

화장실 휴지도 없어!

갑 휴지
쓸까?

피자 배달해
먹는 게 더
낫겠다

정말 꼭 필요한 것인가?

쇼핑을 할 때면

장을 보러
가야만 하나?

뭐가 이렇게 비싸지!

너무 고생이다!

이 돈으로 내가 살 수 있는 것은?

머리
손질

샤워

준비를 해야 해

개고생 시작

책

화방 용품들

앱스토어

Yes

옷 입기

화장?

20분 추가

운전

사람 많음

어색함

윽 바지

윽 브라

No

빙판길

교통체증

아는 사람

양말 짝 찾기

전 남친과
마주침

차에 기름은
있나?

모르는 사람

불편함

88

누구도 불편하게 하고 싶지 않은 당신

우리 팀에 온 것을 환영해, 마시! 금방 적응할 수 있을 거야.

어... 근데 마지거든, 스펠링이-

여기, 네 이름표야. 그럼, 근무 잘 해!

안녕하세요, 나의 이름은 **마시** 무엇을 도와드릴까요?

하지만...

이봐, 마시! 스웨터 입고하는 것 좀 도와줄래?

이게 이곳에서의 내 정체성인 모양이군.

안녕! 나는 클레어야.

난 마시인 것 같아.

'파티'와 관련된 산업을 바라보는 나의 시선

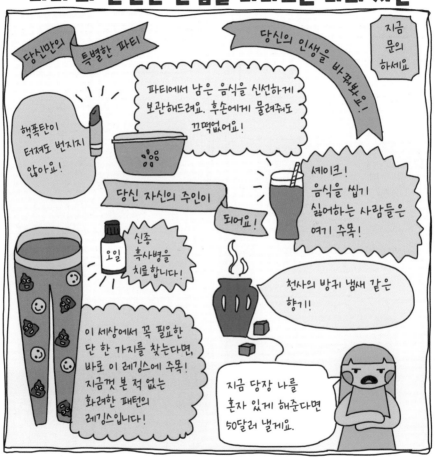

어른이 된다는 것

장점	단점
* 운전 가능	* 할부금 갚아야 함 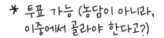
* 아침으로 케이크를 먹어도 됨	* 뭐야, 신진대사 어떡해?
* 투표 가능 ← 과연	* 투표 가능 (농담이 아니라, 이중에서 골라야 한다고?)
* 리모컨 독점 가능	* 직장 존재감 제로
* 저녁 데이트 가능 ← 하!	* 부인과 정기검진
* 학교 안 감	* 학자금 대출
* 밤샘 가능	(이 옷은 종이로 만들었나봐)
* 신용카드	* 낮잠 시간 왜 없나요?
* 부모님과 따로 살 수 있음	* 신용카드 (대체 어디에 다 쓴 거지?!) 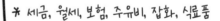
* 원한다면 마음대로 내 돈을 쓸 수 있다 흥흥흥 ↑	* 엄마, 보고 싶어 ㅠ
	* 세금, 월세, 보험, 주유비, 잡화, 식료품
* 적성에 맞는 일을 하며 밝은 미래로 나아감 ← 희망고문	* 바닥이 보이지 않는 스트레스의 악순환, 이번 생은 망했어. 절망!

최근에 고장 난 것들

내 노트북

내 자동차

내 식기세척기.

나

목표를 정해보자... 물론 필요에 따라 수정할 수도 있지

좋은 날에 해야 할 일

- ☐ 러닝이나 자전거 타기
- ☐ 식료품 장보기
- ☐ 신발 반품
- ☐ 우체국 방문
- ☐ 빨래 개기
- ☐ 화장실 청소
- ☐ 관리실에 전화
- ☐ 잔디 깎기
- ☐ 치과 예약
- ☐ 인도 요리 레시피 따라해보기

힘든 날에 해야 할 일

- ☐ 뭔가를 먹기. 뭐라도.
- ☐ 가능하다면 샤워
- ☐ 물 마시기
- ☐ 상담 선생님에게 메일 보내기
- ☐ 좀 쉬기
- ☐ 강아지 밥 주기
- ☐ 나 자신에게 상냥하게 대하기

너무 많은 생각들

- 내 머리가 내 명령을 따르지 않을 때 -

불안이란 본래 이성적이지 않은 감정이다. 나는 나 자신을 제법 똑똑한 사람이라고 믿고 싶지만, 불안이 생겨나기 시작하는 그 순간, 이성과 논리는 내게서 사라져버리고 말지. 머릿속은 과열되기 시작하고 수백 가지의 가능성을 쏟아내기 시작해. 그리고 그 가능성의 결과는 대부분 아주 처참해. 이를테면 화산 폭발이라든가...

대부분의 사람들이 자신의 문제를 다루는 방법

내가 나의 문제를 다루는 방법

문제

문제

작은 문제들도 눈덩이처럼 굴러가서 도저히 손 쓸 수 없는 엄청난 장애물이 되고 만다. 나는 가끔은 두려움 때문에 무력해지기도 하고, 꼼짝도 못 하고 굳어져버릴 때도 있어. 왜냐하면

혹여라도 내가 잘못된 선택을 하면 어쩌지?

이런 생각을 하고, 이런 느낌에 사로잡히는 게 지구에서 오직 나 하나뿐일까?

불안의 사이클

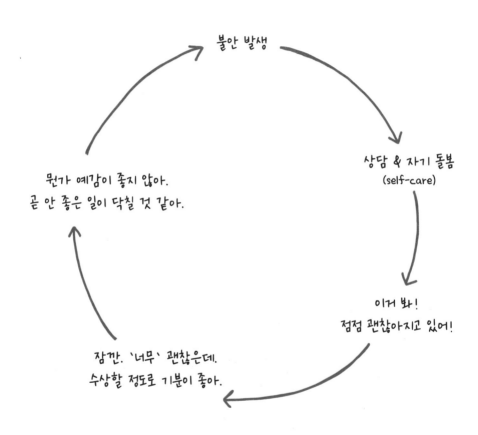

불안 발생

상담 & 자기 돌봄
(self-care)

이거 봐!
점점 괜찮아지고 있어!

잠깐. '너무' 괜찮은데.
수상할 정도로 기분이 좋아.

뭔가 예감이 좋지 않아.
곧 안 좋은 일이 닥칠 것 같아.

아직 답장이 오지 않은 이유에 대한 추측

① 내가 지루하다고 생각해서.

② 외계인에게 납치당해서.

③ 묵비권을 쓰는 중인데 문자도 해당되기 때문에.

④ 나한테 시간을 쓸 가치가 없어서.

⑤ 나한테 화가 나서.

⑥ 나보다 매력 있는 친구들을 새로 사귀어서.

⑦ 내가 뭔가 기분 나쁜 말을 해서.

⑧ 바빠서.

⑨ 휴대폰 오류 발생! 문자가 다 지워지는 중.

⑩ 기억상실증에 걸려서. 우리가 친구라는 걸 잊어버림.

⑪ 나를 미워해서.

⑫ 화장실에 휴대폰을 빠뜨려서.

⑬ 증인보호프로그램에 들어가서, 과거의 지인들과 연락하는 것을 금지 당했기 때문에!

⑭ 나에게 감정적 에너지를 쓰는 게 아까워서.

⑮ 어머니가 나를 싫어해서.

⑯ 손가락 부상! 손가락이 다 부러져서 문자를 보낼 수 없는 상황이라서.

⑰ 사이비 종교에 빠져서.

⑱ 내가 너무 부정적이라 나랑 있으면 재미가 없으니까.

⑲ 좋아하는 사람이 생겨서 가슴앓이 중이라 다른 데 신경 쓸 여력이 없기 때문에.

⑳ 내 말장난 개그가 재미없어서. 있을 수 없는 일!

㉑ 마법사의 저주를 받아, 온몸이 꽁꽁 묶여 있어서.

㉒ 가출 후, 서커스단에 들어갔기 때문에.

㉓ 내가 지금 힘들어하는 것을 알고 있지만, 무슨 말로 위로해야 할지 모르기 때문에.

㉔ 사망. 맙소사, 걔는 죽은 거야!

여행할 때 불안한 요소

은행에서 하는 생각들

은행 강도를 소재로 농담하지 맙시다. 저도 농담하는 게 아니라고요.
다만 강도처럼 보일 뿐~ "이봐, 당신 정체가 뭐야?"

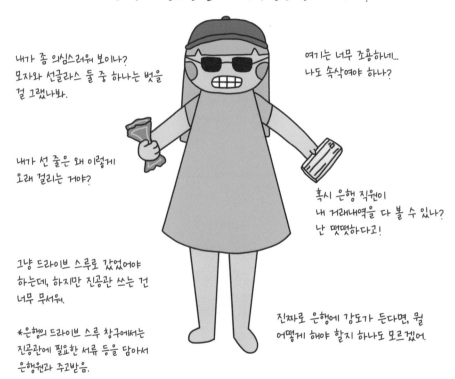

내가 좀 의심스러워 보이나?
모자와 선글라스 둘 중 하나는 벗을
걸 그랬나봐.

여기는 너무 조용하네...
나도 속삭여야 하나?

내가 선 줄은 왜 이렇게
오래 걸리는 거야?

혹시 은행 직원이
내 거래내역을 다 볼 수 있나?
난 떳떳하다고!

그냥 드라이브 스루로 갔었어야
하는데, 하지만 진공관 쓰는 건
너무 무서워.

*은행의 드라이브 스루 창구에서는
진공관에 필요한 서류 등을 담아서
은행원과 주고받음.

진짜로 은행에 강도가 든다면, 뭘
어떻게 해야 할지 하나도 모르겠어.

버스에서 하는 불안한 생각들

왜 내 좌석에는 안전벨트가 없지?
이거 불법 아닌가?

내 옆자리에 아무도
앉지 마세요...

혹시 버스를 잘못 탔으면
어쩌지?

오! 임신부다! 자리 양보해야겠지?
그런데 잠깐만, 임신부 확실해?
그냥 살이 찐 거면 어떡하지?
그럼 내가 실수하는 거잖아.

제발, 제발, 제발
내 옆자리에 앉지 마!!!

제발 제 옆에 앉지 말아주세요...

이 버스에는 화장실이
있네? 깨끗할까? 문은
제대로 잠길까? 화장실
소리가 밖으로 새어나가지는
않을까?

내가 통로 쪽에 앉으면 사람들이
내 옆에 안 앉겠지?

제발 내 옆에 앉지 마요!

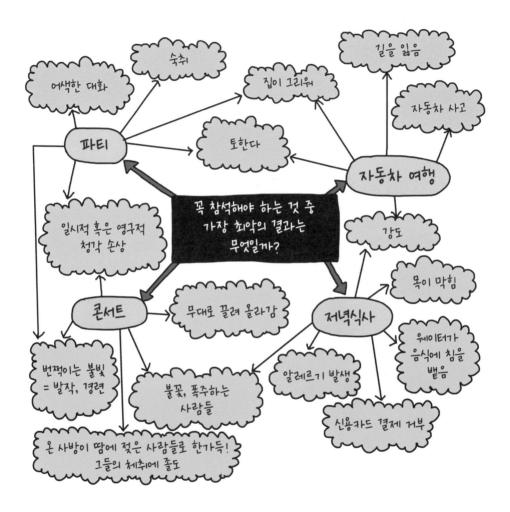

꼭 참석해야 하는 것 중 가장 최악의 결과는 무엇일까?

- 파티
  - 어색한 대화
  - 숙취
  - 집이 그리워
  - 토한다
  - 일시적 혹은 영구적 청각 손상
- 자동차 여행
  - 길을 잃음
  - 자동차 사고
  - 강도
- 콘서트
  - 무대로 끌려 올라감
  - 번쩍이는 불빛 = 발작, 경련
  - 불꽃, 폭주하는 사람들
  - 온 사방이 땀에 젖은 사람들로 한가득! 그들의 체취에 졸도
- 저녁식사
  - 목이 막힘
  - 웨이터가 음식에 침을 뱉음
  - 알레르기 발생
  - 신용카드 결제 거부

106

불안한 사람의 선물 준비

일반적인 사람들:

오, 이거 보니까 마지 생각이 나네. 선물해주면 좋아하겠다.

나:

선물을 줘야만 하는 걸까? 우리의 우정이 선물을 주고받는 레벨이 되었다고 넘겨짚는 건 너무 무례한 거 아닐까?

그리고 만약 그런 단계라고 해도, 선물의 수많은 층위 중 우리는 어디에 있는 걸까? 향초? 양말? 기프트 쿠폰? 근데 기프트 쿠폰은 내가 쓴 금액이 정확히 공개되는데... 너무 적다고 생각하면 어쩌지? 그리고 그 사람만을 위해서가 아니라 아무한테나 줘도 되는 선물이고... 그건 마치, "자, 나는 너만을 위한 '진짜' 선물을 준비하지 못했으니 이 이미지나 받지 그래?" 이런 느낌이지.

하지만... 향초라고 나을 것도 없어. 내가 고른 향이 취향에 안 맞으면 어떡해. "역시 마지답군. 이번에도 냄새 나는 선물을 했네!"

안 돼... 선물이란 받는 사람이 '특별하게 느낄 수 있어야 하는 거라고. 오직 그 사람만을 위한 핸드메이드 제품이어야 해. 하지만 내 똥손으로 만든 걸 좋아할까? "오, 멋져! 밤색 실로 자수한 베개네. 블랙&화이트의 미니멀한 디자인의 우리 집 거실에 놓으면 멋지겠다." 내가 이래서 친구를 못 사귀는 거야!

헬스장에 가면

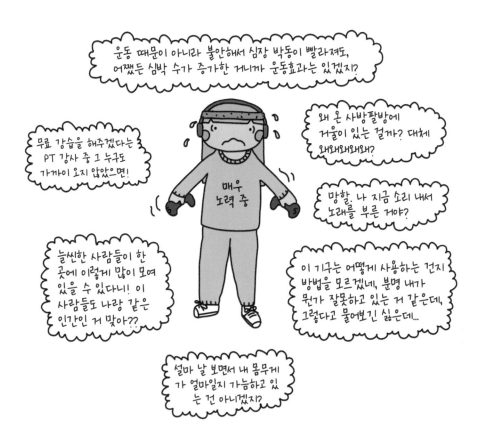

영화관에서

이 팔걸이는 옆 사람 거일까, 아니면 내 거일까?

앞이 안 보여! 모자 좀 벗어달라고 말해볼까. 하지만 만약 저 사람이 대머리라거나 자신감이 없어서 모자를 쓴 거라면? 아니면 모자가 저 사람의 종교와 관련된 거면 어떡하지?

나 완전 갇혔잖아? 지금 화장실 가고 싶은데!!!

내가 본 원작은 저렇지 않았는데!

수리기사의 방문

나는 사람들이 하는 말에
신경 쓰지 않으려 한다...

하지만 그 대신, 그런 말들은
차곡차곡 분류해서 저장되고

나는 그런 말들을 정해진 구역에 몰아넣어둔다...

그런데 왜 아직도 그런 말들이 나한테 매일같이 영향을 주는 걸까?

잠자리에서 하는 생각들

껌이란 참 이상해. 뭔가를 정말 오래오래 씹고 나서 마지막에는 뱉어버린다니.

난 대체 왜 아직도 깨어 있는 거지?

만약 폼페이의 비극 같은 화산 폭발이 지금 이 순간 일어난다면, 인류의 후손들은 내가 곰 인형과 함께 잠자리에 들었다는 것을 알게 되겠군.

머리가 크고 몸통이 쪼그만 동물들은 그렇게 귀여운데, 왜 남자들이 그렇게 생기면 귀엽지 않을까?

그러고 보면 나는 내 배꼽이 튀어나온 게 아니라 폭 들어가서 마음에 들어.

만약에 우리 집을 에워싼 유리볼을 짓는다면, 우리 집은 스노우볼 안에 들어간 것 같을 테고, 날씨를 마음대로 조정할 수 있을 텐데!

아니 그런데 다들 겨드랑이 털은 면도하면서, 눈썹은 왜 내버려두는 걸까?

살모넬라균이 쿠키반죽에 생겨난다면, 그건 정말 심각한 문제 아닐까.

엘리베이터 안에서

이걸 놀이기구라고 상상하자.
아, 재미있겠다!

문이 왜 이렇게 느리게
열리지? 빨리 좀 열려라!

오 마이 갓, 나야?
나한테서 냄새가 나는 거야?

이 냄새, 누구지?

하지만 너무 쥐죽은 듯
고요한 것도 답답해.

나한테 말 걸지
말아 주세요...

문이 왜 이렇게 천천히 닫히지?
진작에 닫혔어야지!

엘리베이터가 갑자기
멈추면 어떻게 해? 여기
환기는 잘 되는 걸까?

잠깐만. 이건 전혀 놀이기구
같지 않아. 마치 관에 갇힌
것 같아!

저 빨간색 비상 버튼이
장식용은 아니기를!

사람들이 너무 많이 탔어!
여기 중량 제한이 얼마더라?

그때 그 친척

안녕! 나 오늘밤에 너희 동네로 갈 거 같아. 잠깐 들를 테니까 얼굴 좀 보자!

그의 반응...

좋아. 내가 과자 좀 사올게.

나의 반응...

하지만 오늘은 우리끼리 〈기묘한 이야기〉 보기로 했잖아! 이제 우린 바닥 청소를 해야 해! 마트에 가서 먹을 것도 쇼핑해야 하고! 지난 크리스마스에 우리한테 선물해줬던 쿠션도 어디 있는지 찾아야 되잖아! 화장실도 치우고! 강아지도 목욕시키고! 키슈도 구워야 해! 우리가 가진 그로버 클리블랜드(Grover Cleveland) 대통령 피규어도 숨겨야 하고! 늦었지만 생일선물도 사야 될 거 같아.

세차를 싫어하는 이유

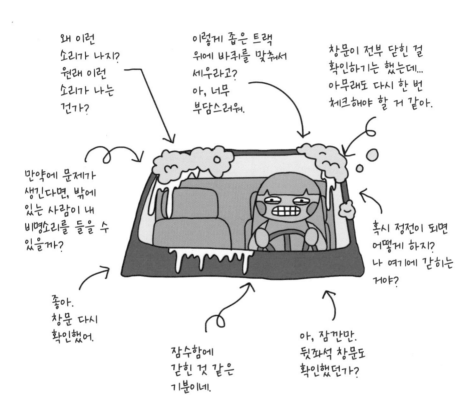

왜 이런
소리가 나지?
원래 이런
소리가 나는
건가?

이렇게 좁은 트랙
위에 바퀴를 맞춰서
세우라고?
아, 너무
부담스러워.

창문이 전부 닫힌 걸
확인하기는 했는데...
아무래도 다시 한 번
체크해야 할 거 같아.

만약에 문제가
생긴다면, 밖에
있는 사람이 내
비명소리를 들을 수
있을까?

혹시 정전이 되면
어떻게 하지?
나 여기에 갇히는
거야?

좋아.
창문 다시
확인했어.

잠수함에
갇힌 것 같은
기분이네.

아, 잠깐만.
뒷좌석 창문도
확인했던가?

아차차. 또 불안감이 밀려오려고 하는구나...

행복한 장소를 떠올리면서 대비를 해야겠어.

아아... 모래사장이 깔린 섬. 모래에 와 닿는 부드러운 파도... 바람이 야자수를 스칠 때마다 들려오는 속삭임들...

환상

쓰나미

상어

탈수

갈매기

공격

굶주림

피부암

해파리

익사

허리케인

117

비행기를 타야 하는 일이 생기면

내 캐리어를 검색할까?
내 핸드백은? 내 몸 곳곳은?

비행기 사고로 내가 죽으면,
남겨진 우리 강아지는 누가
돌봐주지?

내가 열두 번은 확인했지만...
게이트 번호 확실한 거 맞지?

너무너무너무 간절히 화장실에
가고 싶다. 하지만 3시간 22분
정도는 참을 수 있을 거야,
그렇지?

수분을 섭취해야만 해.
하지만 물을 마시면 화장실에
가고 싶어지니 참아야 해.

물리학이나 항공 역학에 대한
나의 이해도가 그렇게 뛰어난 건
아니지만... 이 큰 비행기가 어떻게
공중에 뜰 수 있는지 정말 이해할
수 없어.

아무래도 화장실을
가야겠다. 근데 화장실
다녀올 시간은 되나?
캐리어는 어떻게 해야
하지?

좌석 위 보관함에 가방을
집어넣는 건 왜 이렇게
힘들지? 내 겨드랑이에
흐르는 것은 땀인가?

조종사한테 파일럿
자격증 좀 확인시켜
달라고 해도 될까?

얏호! 새로 산 충전기가 도착했다! 길이가 3미터나 된다고!!!

불안함은 쥐도 새도 모르게 스며들어서...

아앗!

아무래도 전부터 쓰던 충전기를 그냥 쓰는 게 좋을 거 같아...

일상의 소소한 기쁨들을 망치곤 한다.

마트에 갔을 때
내가 하는 생각들

여기 조명은 왜 이렇게 눈이 부시지?
사람들은 왜 이렇게 많아?

특대형 사이즈 스니커즈 바를
산 걸 계산원이 이상하게
생각하면 어떡하지?

진열대 제일 위에 있는
시리얼에 손이 닿지 않아!
그렇다고 직원을 부를 수는
없어! 이게 다 내 다리가
짧은 탓이지 뭐야!

앗, 아는 사람이다!
그도 나를 봤을까?
지금이라도 숨을 수 있나?

회원 등급 프로그램?
여기 가입하려면 전화번호를
기록해야 하고 쇼핑 기록도 다
공개하는 거지? 안 해.

어린애도 아닌데, 시식용
쿠키 좀 달라고 하면 눈치가
보이겠지?

이거 사도 되겠지... 이거
애들만 먹는 거 아니지?

난 가끔씩, 내 주변 사람들이 나를 평가하고 있다고 확신한다.

마지가 브라우니를 태웠나 보네.

나는 주변 사람들의 머릿속을 상상해보는데

마지 늦었어! 정말 실례야!

항상 최악의 결과들만 나온다.

왜 늘 저 옷만 입지? 오래되고 낡은 옷 같은데.

하지만 시간이 지나면서 조금씩 이해할 수 있게 되었다.

음~ 브라우니다! 고마워!

못 올 줄 알았는데 정말 다행이야!

마지는 귀여워서 좋아!

나를 평가하는 유일한 사람은 바로 나라는 것을~

122

125

약간의
도움?

- 도움이 필요하다는 것을 깨닫지 -

나는 굉장히 내향적인 사람이지만 그럼에도, 이런 나에게도 주위의 도움이 필요하다. 내가 가진 불안함을 건강한 방식으로 극복하고 적응하기 위해서 말이야. 물론 내 주변 사람들이 처음부터 나한테 직접적으로 도움이 되는 말이나 행동을 했던 것은 아니었어. 하지만 나는 그들의 말이나 행동과는 상관없이 그들이 나를 걱정한다는 것, 또 그들이 나한테 의미 있는 사람들이라는 것을 알고 있었지. 그러니까 중요한 것은, 사람들에게 나를 도와줄 방법을 알려주는 것이다. 내게 필요한 도움을 요청하는 행위를 나 스스로 잘 받아들일 수 있게 된 것이다.

나 를 도 와 주 는 이 들

의사 / 상담사 / 친구

나를 도와주는 사람 중에는 상담사도 있다.
나는 상담을 규칙적으로 받는 편은 아니었다. 여러 명의 상담사를 한꺼번에 만나기도 했고, 그룹으로 하는 치료에 참여한 적도 있고, 온라인으로 상담을 받았던 적도 있었어. 어떤 때는 상담 받으러 가는 것이 굉장히 스트레스였고, 또 어떤 때는 내 생명줄처럼 여겨지기도 했지. 아무튼 내가 상담을 계속 받는 건, 확실히 효과를 보고 있기 때문이다.

이런 도움들을 받는다고 해서 내가 완치될 거라고 기대하는 것은 아니야. 하지만 적어도, 이런 도움을 통해서 내가 일상 속에서의 대처법을 익혀간다는 것이 중요하지.

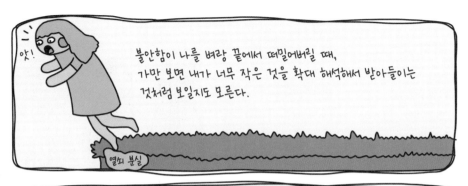

앗!

불안함이 나를 벼랑 끝에서 떠밀어버릴 때,
가만 보면 내가 너무 작은 것을 확대 해석해서 받아들이는
것처럼 보일지도 모른다.

열쇠 분실

하지만
그 작은 것
아래에는
수많은 문제가
산적해 있다.

그렇기 때문에
나는...

좀
도와줄래?

열쇠 분실

공포　경력 관리　악몽　치과

자동차
수리　반려동물
질병　큰 슬픔　가족　난방기
고장

이메일

시간
부족　교회

트라우마

도구 추구

갈등　빨래　상사

금연

오해　동료　청구서　죄책감

자아상　우정　왜?

분노

세금　수치심　난장판

위로움　건강

이런 이런,
아가야.
폭풍이 오고
있구나.
이번엔 꽤
큰 거 같아!

곧 있으면 여기까지
불어오겠네.
우리 잠시 침대 안에
들어가 있자.

좀 더 심각하게
받아들이는 것이
좋을 듯하다, 인간

우울
+
불안

이런 친구가 되어줘

왜 옷장 속에 들어가 있어?

패닉이 올 것 같아서 숨어 있는 중이야.

오. 패닉이 오는 건 어떤 기분인데?

거대한 곰이 나를 잡으려고 쫓아와.

정말 무섭겠다! 그런데... 만약에 판다곰이면 어떨까.

판다곰이라고 생각해볼래?

훌쩍훌쩍 한번 해볼게.

엄청나게 통통하고 폭신폭신한 판다곰~

유니콘을 타고, 딸기 케이크를 먹고 있어.

킥킥킥킥 그것도 제법 괜찮다.

불안에 시달리는 이에게 해서는 안 되는 말들

그 대신 추천하고 싶은 말들

새로운 상담사 찾기

좋아! 이제 새로운 상담사를 찾을 준비가 되었어. 가르쳐주고, 방향을 제시해주고, 적절한 도움을 줄 그런 사람!

멋지다. 다만... '지나치게' 까다롭게 굴지만 않으면 될 거 같아. 넌 가끔 그럴 때가 있더라.

너무 까다롭다고? 난 그렇게 까다롭지 않아! 그저 적당한 수준으로만 까다로울 뿐이지! 그럼, 우리 동네 상담클리닉 사이트를 좀 찾아볼까?

폰트가 너무 귀여운 척하네. 별로.

필 굿 테라피

클리닉이 왜 쇼핑몰 안에 있지? 의심스러워.

새로운 하루

전화번호가 왠지... 불길해. 다른 곳을 더 찾아봐야겠어.

새로운 시작 오늘 당장 전화하세요! 666-1313

로딩이 왜 이렇게 느려... 웹사이트가 이렇게 구식인 걸 보니 상담도 옛날 방식 아닐까?

저기... 어떻게 되어 가?

마음에 안 드는 걸 하나씩 삭제하는 방식은 역시 아주 효율적이야! 후보가 딱 하나 남았어.

133

인사이트
카운슬링

닥터. 제임스 나이트
닥터. 안나 스미스

안녕하세요, 마지 씨로군요.
저는 닥터 나이트입니다.

음... 네.

저...
여기 이 소파에 누워야 하나요?

뭐든 상관없어요~
편하신 대로 하세요.

좋아요! 편하네요! 아 잠깐, 여기
와이파이 비밀번호가 어떻게 되죠?

이제부터 우리가 나눌 이야기가
아주 많을 것 같네요.

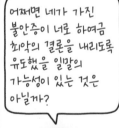

나 자신을 위한 다짐

믿을 수 있는 친구들과 시간을 보내자.

나 자신에게 소소한 선물을 하고

좋아하는 간식을 먹으면서

안온한 즐거움을 누리자.

손에 들고 있는 그거 뭐야?

음... 이거는 내 스퀴시 인형.

항상 가방에 가지고 다니는 거야. 불안하거나 긴장되거나 외로울 때 꺼내.

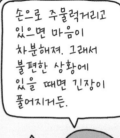

손으로 주물럭거리고 있으면 마음이 차분해져. 그래서 불편한 상황에 있을 때면 긴장이 풀어지거든.

좀 이상한데...

내가 인형 만지는 것처럼 너도 휴대폰으로 똑같이 그러고 있잖아, 그치?

오!

거봐.

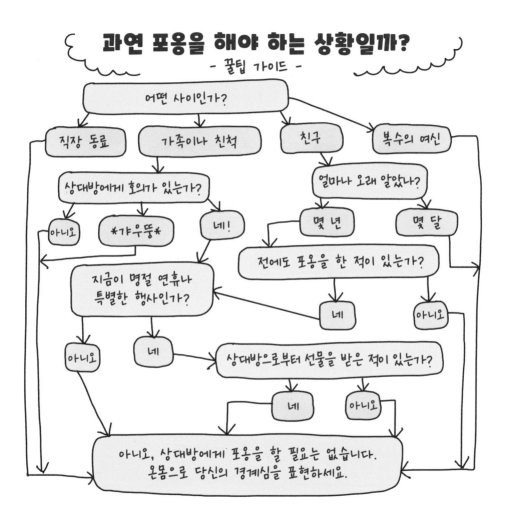

공식적인 질의요청서

아래의 아이템 중 필요한 항목에 표시하세요.

- ☐ 낮잠
- ☐ 이해
- ☐ 타코벨
- ☐ 방학
- ☐ 새 휴대폰
- ☐ 엄마
- ☐ 타당성
- ☐ 대출
- ☐ 커피
- ☐ 내 엉덩이를 끝-내-주-게 보여주는 청바지
- ☐ 또 다른 기회
- ☐ 즐거운 폭소
- ☐ 더 많은 시간
- ☐ 납득 가능한 설명

- ☐ 포옹
- ☐ 문제없이 제대로 굴러가는 자동차
- ☐ 조용함
- ☐ 훌륭한 카운슬러
- ☐ 초콜릿
- ☐ 더 나은 직장
- ☐ 공간
- ☐ 칭찬
- ☐ 새로운 책
- ☐ 찰떡같이 알아듣는 사람
- ☐ 유니콘이 그려진 스웨터
- ☐ 정답
- ☐ 스스로에 대한 연민과 용서
- ☐ 기타 : _____

왜 도로 침대로 들어갔어? 벌써 점심때가 다 됐는데!

오늘 하루는 어차피 망쳤어. 이렇게 되어버렸으니 오늘은 그만하고 내일 다시 시작할 거야.

그렇지만... 시간이란 얼마든지 융통성 있게 쓸 수 있는 거잖아. 내 말은, 하루의 시작을 자정이 아닌 정오로 바꿔보면 되지 않을까?

흠. 난 그런 식으로는 한 번도 생각을 안 해봤어. 그래! 정오는 새로운 하루의 시작이다!

그래, 바로 그런 마인드야~

자... 이제 일어나는 거지?

하! 무슨 소리를 하는 거야...

난 아침 7시 30분이 되어야 일어난다고.

불안증이 있는 친구가 있어요. 가끔씩은 공황 발작도 일으키고요.
제가 어떻게 도와주는 게 좋을까요?

공황 발작은 무서워요. 하지만
언젠가는 발작이 가라앉는답니다.
친구가 심호흡하는 데 집중할 수
있도록 침착하게 도와주세요.
친구가 남의 말을 들을 정신이 없어
보인다고 해서,
덩달아 불안해하지
말고요.

공황 발작을 겪고 있는 사람이 실제로
구체적인 위협을 겪는 것은 아니지만,
그들이 느끼고 있는 공포는 실제라는
것을 기억해주세요.

당신이 실제 상황에서
느낄 만한 공포와 같은
수준의 느낌을, 공황
발작에서 겪게 된다고요!

사람들에게는 자신에 맞는 서로 다른
도움이 필요하죠. 옆에서 몸을 잡아주는
게 좋은지, 노래를 들려주거나 목소리를
듣는 게 도움이 되는지 물어보세요.

눈앞에 보이는 사물들의 이름을
말해보라고 하거나, 손으로
만져보면서 그 사물에 대해
설명해보라고 하는 것도
좋습니다.

이것을 '그라운딩(grounding)'이라고
하는데요, 공황 발작을 겪고 있는
사람의 시선을 자기 내면의 공포에서
자기 주위로 돌리는 데 효과가 있어요.

그리고 공황 발작을 겪고 있는 사람을 위해
해줄 수 있는 가장 중요한
일은, 무슨 일이 있어도 당신이
곁에 있어줄 거라는 사실을
전하는 거죠. ♥

143

로맨틱

더 로맨틱

최고의 로맨틱

상담사가 나에게 그룹 치료를 권했을 때만 해도, 나를 괴롭히려고 그러는 줄 알았다.

그리고 당연히, 처음에는 내가 예상했던 대로 최악이었다.

말하는 내내 목소리가 떨렸고, 모두의 앞에서 울음을 터뜨리고 말았다.

그렇지만... 세상은 끝나지 않았다. 그리고 모두 친절하고 인내심도 많았다.

심지어 이곳에서 나는 나를 이해해주고 받아주는, 소중한 친구들도 사귀게 되었다.

때로는, 내가 가장 하기 싫었던 일이야말로 나에게 가장 필요한 일이 되기도 한다.

난 너를 좋아하고 사랑해. 어떤 일이 있더라도 여기서 널 응원할 거야.

내가 필요하면 언제든지 전화해. 낮이든 밤이든 신경 쓰지 말고!

휴우~ 실은 내가 고민하고 있는 일이 있는데 말이야~

잠깐만, 나 필라테스 수업이 있어. 갔다 와서 얘기 들을게, 괜찮지?

그래.

좋아요, 마지 씨.
여기 항불안제를 처방해
드릴게요. 금방 기분이
나아질 거예요.

주의사항이 몇 가지 있어서
알려 드리죠. 복용하는
동안에는 자동차 운전
같은 큰 기계류를 조종하는
건 피하세요. 술과 함께
복용하시면 안 되고, 임신
중에는 복용을 중단해야
합니다.

입안이 건조해지거나
구역질이 나거나 진땀이
흐르거나 식욕감퇴 또는
불면증이 생길 수 있어요.

피로함을 느낄 수도
있고, 몸이 떨릴 수도
있어요. 혹시 심장이 너무
빠르게 뛰면 저에게
알려주세요.

그 외에도 호흡곤란이나
시력에 이상이 생겨도
알려주세요. 간질 발작,
각혈, 실신 혹은 건망증에
대비한 응급처치도
알아두시고요.

그리고, 이 약에는 사망의
위험도 아주 조금 있답니다.
자 그럼, 4주 후에 다시
만나요.

불안감의...
레벨이...
상승하네요...

학급 사진을 촬영할 때 내가
실제로 입었던 복장. 5학년 때.

어릴 적에 나는... 좀 이상했다.

기괴하고
촌스러운
모범생.
인기 없고
멍청한
얼간이.

하루는 이런 일이 있었다.

네 벨트 예쁘다.

...정말로?

응.

그리고 나는 아직까지 그 일을 잊지 못한다.

친절한 말 한마디가 얼마나 큰 힘을 지니는지,
사람들은 잘 모르는 것 같다.

사람들은 나보고 벽을
세운다며 뭐라고 한다.

하지만...

내가 스스로 벽을 허물고

누군가와 가까워지려고
할 때마다

그들은 떠나버린다.

그리하여...
나는 다시 벽을 쌓는다.

온라인 상담 치료

상담을 받는 건 나에게
정말 큰 도움이 돼. 하지만
내 안의 불안감이 나를
짓눌러 버리면, 상담을 받는
과정이 힘들어지지.

아이러니
하네?

상담 스케줄을
예약하다가
과호흡 발생!

하악하악

여보세요?
여보세요!
숨만 헐떡거리
는 이런 장난
전화는 당장
끊겠습니다!

에휴

나는 자격증을 가진 상담사가 화상
채팅, 메시지 또 전화통화를 이용해서
진행하는 온라인 상담을 찾아냈지.

이분은 심지어 내가 잠옷을 입고
있어도 신경 쓰지 않는다고!

그래서 나는 내 상황에 제일
잘 맞는 방식으로 소통할 수 있게
되었다는 말씀!

마침내 도움을
받게 되어서
정말 기뻐!

저리로 가! 쉿쉿! 꺼져버려!

내 안의 불안감을 멀리 보낼 수는 없지만..

이 녀석을 잘 다루는 방법이 있습니다... 적당하고 올바른 수단을 사용한다면 말이죠.

여기, 이걸 써보세요.

상담사의 도움으로, 나는 불안감을 길들이는 법을 배우게 되었다.

앉아. 앉아!!

마음을 침착하게 하도록 집중해봅시다. 차분하지만 단단하게요.

물론 그러려면 아주 많은 학습과 연습이 필요하지만...

안녕, 마지!

안녕, 루스!

앉아. 가만히.

확실히 나아지고 있다는 것이 내 눈에도 보인다.

상담을 받은 덕분에,
내 불안감은 항상 적당히
내려간 상태를 유지했다.

나의 주치의 선생님도 더 이상
약물이 필요하지 않을 것
같다고 했지.

그렇게 6개월이 지났고, 나는
스스로 많이 강해졌다고 느껴졌어!

하지만 최근 들어서, 뭔가
처지고 있다는 느낌이 들어.

불면증
식습관 변화
걱정
두통
슬픔
스트레스
에너지 고갈
고립감

다만 지금까지의 경험 덕분에
이런 정신호들을 잘 알아챌 수
있게 되었고

다시 약을 먹어야 한다는 게
귀찮기는 하지. 그렇지만 고집을
부리느니, 안정을 택하겠어.

안녕! 이건 그냥 혹시 몰라서 하는 말인데...

네 안에서 정말로 심한 불안감이 밀려올 때면, 다른 사람과 말하고 의사소통하는 것이 힘들 수 있어.

네 편이 되어주는 사람들에게, 네가 필요한 것이 무엇인지 말할 가장 이상적인 타이밍은 네가 공황 발작에 빠진 그 순간이 아니야.

바로 지금 이 순간이지.

안녕 얘들아... 우리 얘기 좀 할까?

좋아!

친구들의 작은 도움 덕분에 어떻게든 헤쳐갈 수 있었어

나에게 차를 끓여주고 내 머리카락으로 장난을 쳐줘.

"너한테 지금 필요한 게 뭐야?" 하고 간단하게 물어봐주고.

웃긴 짤과 동영상을 내게 보내주기도 해!

내가 원하는 대로, 나를 혼자 있게 내버려두기도 하고 딱 붙어서 편하게 해주기도 하지.

타코! 내 상태가 아주 나빠질 때면, 난 베프에게 기분전환을 하고 싶다고 말해. 그러면 우리는 같이 타코를 먹으러 가.

"정말 힘들겠다, 괜찮니?" 하고 나지막이 말을 걸어주고.

내 친구들은 파티처럼 많은 이들이 모이는 상황 속에서 나를 이끌어줘. 덕분에 나는 그럴 때 별로 말을 많이 하지 않아도 되고, 부담 없이 대화에 낄 수 있지.

혼자 있고 싶다고 말해도 나를 이상하게 생각하지 않고 혼자 있게 해줘.

나에게 휴식이 필요한 순간에 정말로 쉴 수 있게 해주고, 신체적으로든 정신적으로든 내가 감당할 수 없는 압박은 주지 않아.

평소에 제일 가깝게 지내는 사람과 공황 발작 대비 "훈련"을 해보기를 강력하게 추천해.

* 여기 나오는 말들은 여러 사람들의 제보를 바탕으로 했습니다. 소재를 제공해주신 모든 분께 감사드려요!

155

오늘도 불안한 당신을 위해

보통은 ↗ - 어떻게 하는지 알아보자 -

나는 이 책이 동화책처럼 끝났으면
좋겠다고 생각했어. 언젠가 내 안의
불안감을 산산조각내고 오래오래 행복하게
살았다는 결말이기를(가능하면 근사한 성에서
유니콘을 키우는 결말~).

사실은, 나는 아직도 모든 것을 해결하지는
못하고 있어. 나는 '완치'되지 않았고 아마도
영원히 그러지 못할 것만 같아. 하지만 적어도 대처하는 중이라는 건 분명해. 내가
가진 제어장치가 무엇인지, 또 그것들을 다루기 위한 전략들은 어떻게 활용해야
하는지 배우고 있거든. 스스로 돌보는 방법을 연습하는 내 모습에서 열정을 발견하기도
하고, 나 자신을 격려하는 말들을 해주는 동시에, 느슨해지는
부분은 잘라내기도 하지.
나는 희망을 지키기 위해서 최선을 다하고 있어.

나는 '여기서' '멈추지' '않는다'.
나는 앞으로 더 성장할 수 있고,
마침내 해낼 것이다.

어떤 사람들은 (나 같은 이들을 보며) 약하거나 겁이 많으니까 불안함이 생기는 거라고 생각할지도 모른다.

하지만 매일 아침, 눈을 뜰 때마다

두려움을 확인하고, 그것을 직시하는 삶을

커피향 좋네.

호록~ 호로록

용감함, 그 외 다른 어떤 말로 정의할 수 있을까.

나한테는 작은 비밀이 있는데...

공황이 오려고 할 때면, 나는 머릿속으로 반복해서 주문을 외우지.

나는 침착하고, 자신 있고, 견딜 수 있어.

나는 침착하고, 자신 있고, 견딜 수 있어!

안녕 마지, 잘 있었어?

나는 침착하고, 자신 있고, 견딜 수 있에!!

맞아, 어쩌면 이건 그렇게 큰 비밀은 아닐지도 몰라.

너는 다른 평범한
사람들처럼 되고 싶어 하지.

그래서 완벽한 조화를
이루고 싶을 거야.

지금의 너는 쓸모없고 버려진
존재가 된 것만 같겠지.

하지만 언젠가는 너만의
독특한 아름다움이 인정받
는 날이 분명히 올 거야.

너를 필요로 하는 곳이 있으니,
부디 포기하지 말기를.

지구에는 네가 필요해.

내 핸드백에는 내가 좋아하는
추억들을 적은 메모가 들어 있다...

우울한 날이면 나는 그 메모를
꺼내서 읽어본다.

T가 뱀이 어떻게 방귀를 뀌는지
보여주었을 때.
폭포 아래에서 했던 키스.
아빠와 함께 집 짓기.
K는 너무 크게 웃다가 콧구멍으로
음료수를 뿜었다.
우리 강아지를 입양한 날.
내 책이 서점에 진열된 것을 처음 보았
을 때.

그러면 지금까지 내 삶이 꽤
괜찮았다는 생각이 들고...

우리 강아지를 입양한 날.
내 책이 서점에 진열된 것을   보았던
순간.
핫도그 응모 행사에 당첨

앞으로도 또 그런 좋은 날이
올 거라고 믿게 된다.

힘든 하루를 보낸 당신에게 필요한 것은?

*제마다 다양한 대처 방식이 있고, 모든 방식은 의미가 있습니다.

일상 속에서 불안과
함께하다 보면,
나조차도 몰랐던 숨은
능력을 발견하는
경우도 있다.

건조기가 멈춰버렸네!
그렇다는 것은...

전화통화

기나긴 대기시간

낯선 사람
(수리기사)의 방문

흐음. 어쩌면...
내가 고칠 수도 있지
않을까?

내가 이걸 진짜
고치다니! 나는 정말
대단해!

툭 튀어나온 걸림돌

툭 튀어나온 걸림돌

흐음…

쓸 만한
디딤돌

불편한 상황 속에 갇혀서 빠져나오지
못하고 있을 때면

보트를 타고 있다고 상상해본다.

더러운 물속에서 헤엄치는 것이 아니라,
물 위에 내가 떠 있는 거라고.

결국에는 안락한 해변으로 돌아가게
될 것이다. 그리고 지금 이 순간, 나는
안전하다. 그러니 괜찮아.

자기 돌봄 아이디어

좋아하는 노래를 듣는다. 반복 재생!	친구 또는 반려동물과 이야기한다. (잠깐, 친구와 반려동물은 동의어잖아)	추억의 음식	빨래 개기 (반복 + 생산성 = 침착&안정)
글을 쓴다. 아니면 그린다.	어린애처럼 놀아본다. 고무찰흙, 비눗방울, 레고, 만화, 색칠공부…	침대를 정리한다. 새 시트를 깔아봐!	소파에 앉아서 코코아를 마신다. 마시멜로는 필수!
웃긴 동영상을 찾아본다.	누군가를 칭찬해서 기뻐하는 모습을 본다. 모자 멋지다!	샤워를 한다. 그보다 더 좋은 것은, 욕조에 몸을 담그고 잡지를 보는 것.	책을 읽는다. 그림이 들어간 책이면 가산점 있음!
잘하려고 애쓸 필요가 없는 무언가를 만든다.	시원하게 울어버린다. 하지만 단시간에 그칠 것. 비싼 티슈를 사용한다. 최고급	나에게 자그마한 선물을 사준다. 그냥. $8	오늘 내가 해내지 못한 일을 용서해준다. 그리고 내일 다시 해보기로 한다.

166

내가 찾아낸 상관관계가 있는데

양호한
상태 →

내가 느끼는 불안함의 정도와

나를 보호하는
스카프 →

내가 스스로를 감싸는 정도

← 나를 보호하는
스카프

숨기 좋은
후드 티 →

이 둘은 서로 연결되어 있다.

← 나를 보호하는
스카프

숨기 좋은
후드 티 →

묵직한
담요 →

숨기 좋은 장소를 추천합니다
- 불안감이 매우 심한 날

집에서 : 빨래를 마친
깨끗한 옷더미

직장에서 :
비품실 캐비닛

파티에서 :
커튼 뒤쪽 공간

마지 어디
있는지 봤어?

그 외 어디나 :
후드 티

주위를 둘러볼 때마다 다른 사람들은 아무런 문제가 없는 완벽한 상태로 보여.

그에 비해 나는... 내 단점 리스트를 늘 머릿속에 넣고 다니거든.

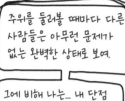

너무 예민함
서투름
수학 너무 못함
노래 못함
수줍음
희한하게 못생긴 발
분위기를 못 맞춤
변덕스러움
고집이 셈
새로운 사람과 잘 친해지지 못함
밥을 지을 때마다 망함

혹시 너도 이런 리스트가 있어?

설마... 많이들 그러는 거야?

만약 그렇다면, 이런 단점들은 우리를 가치 없는 존재로 만드는 게 아니라, 우리를 인간적으로 만들어주는 걸 거야.

이런 단점들이 있기 때문에 우리는 다른 사람의 장점을 보고 더욱 감탄할 수 있는 거지. 그리고 남들의 약점에도 더 많은 인내와 공감을 할 수 있게 되고 말이야.

난 완벽하지 않아. 누구도 완벽하진 않지.

그렇다고 해도 괜찮아!

하지만 나는 밥을 잘 지어보려고 계속 노력할 거야.

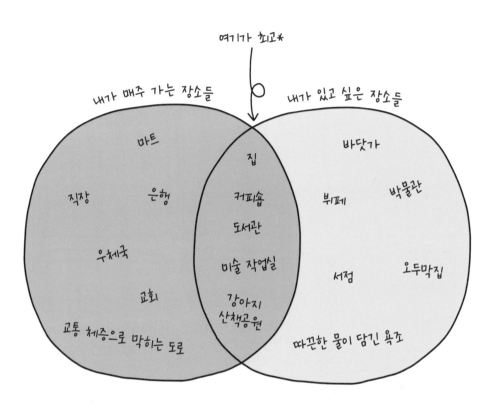

여기가 최고*

내가 매주 가는 장소들

내가 있고 싶은 장소들

마트

집

바닷가

직장   은행

커피숍

뷔페   박물관

도서관

우체국

미술 작업실

교회

강아지 산책공원

서점   오두막집

교통 체증으로 막히는 도로

따끈한 물이 담긴 욕조

* 이 영역에 주목할 것. 각자의 일주일을 돌아보고 그 행동패턴에서
스스로에게 즐거움을 줄 수 있는 무언가를 추가할 수 있는지
생각해보자.

외출해야 하는데 내 안의 불안이 다스려지지 않을 때, 스스로에게 나는 뭐든지 한 시간은 컨트롤 할 수 있다고 말해준다.

저녁 식사 모임...

난 뭐든지 한 시간은 컨트롤 할 수 있다...

병원에서 진료를 받으며...

난 뭐든지 한 시간은 컨트롤 할 수 있다...

혹시 가려운 데 있어요? 진물은? 발진은?

좀비의 습격에서도...

난 뭐든지 한 시간은 컨트롤 할 수 있다...

어릴 때 내가 했던 것들

(그리고 지금 다시 해보면 좋을 것들)

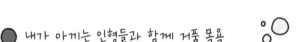

- 친구에게 유치한 쪽지 보내기

- 냉장고에 내 그림을 당당하게 붙이기

- 빨래를 마친 깨끗한 옷더미 위에서 낮잠

- 잔돈을 전부 뽑기에 투자해서 풍선껌이나 장난감 뽑기

- 내가 아끼는 인형들과 함께 거품 목욕

- 작년 할로윈 때 입었던 코스튬을 괜히 한 번 입어보기

- 나무에 오르기

- 종이박스로 무엇이든 근사한 것 만들어보기

- 은행에 가서 사탕을 달라고 해보기

- 연 날리기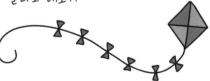

- 자신감 갖기

편지함

기분이 안 좋거나 화가 날 때면,

내가 느끼는 감정에 대해서
써내려가는 것이 효과적이다...

비록 그 편지를

나 외에 그 누구도 읽지 못할지라도...

나만의 획기적인 공간

요새 →

쿠션으로 짓는다.
불청객을
막기에 가장
이상적이다.

둥지

부드러운 담요를
쌓아서 만든다.

동굴

간식거리가 가득하고,
화면에서 나오는
불빛만 존재하는 방.
세상에 대한 분노가
끓어오를 때 아주
유용하다.

누에고치

아늑하고 단단한 포대기.
제대로 지어질 경우,
외부에는 얼굴만 보이게
된다. 불안도가 몹시 높은
날에 해보면 최고의 효과를
발휘한다.

사소한 알람들

삶이 조각조각 부서져 있을 때, 여기서 무엇을 할 수 있을 거라는 생각이 잘 들지 않을 거예요.

한 조각 한 조각 천천히 조립을 시작해보세요.

이렇게 엉망진창으로 되어버린 상태인데 무슨 가능성이 있을까, 싶은가요?

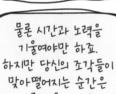

물론 시간과 노력을 기울여야만 하죠. 하지만 당신의 조각들이 맞아떨어지는 순간은 아름다울 거예요.

대체 어디까지 해낼 수 있었는지, 그리고 어디까지 갈 수 있을지...

당신은 놀라게 될 거예요.

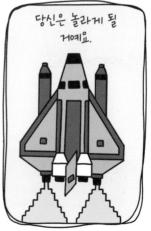

마음을 차분하게 해주는 상상

- 필요한 만큼 사용하세요

조그만 나비넥타이를
맨 채로 해류 속에서
천천히 흔들리고 있는
해마

내가 좋아하는
개그맨이 신발
신는 모습

마시멜로를 굽고
있는 유니콘

아빠
펭귄

좋아하는 이야기에
속편이 있다는 사실

따뜻하고 아늑한
슬리핑 백

젤로. 젤로 푸딩을
떠올리고 있으면 결코
불안해질 수 없다.

178

나는 과대망상을 하는 편이라서, 어떤 상황에서든 가장 최악의 결과만을 상상하게 돼.

그렇지만 나는 최악의 경우를 미리 대비하는 습관을 들이게 되었고, 그 덕분에 비상사태가 발생했을 때 같이 있으면 꽤 쓸모 있는 사람이 된 것 같아.

도와줘요!

도움이 필요한가요?!

아스피린? 산소? 에피네프린 주사?

벌레 퇴치 스프레이?

곰 퇴치 스프레이?

아니요—

그럼 헤어스프레이는 어때요?

불안함이란 환승과 비슷하다.

한참을 기다려야 하지만, 그렇다고
짐을 다 풀어버릴 수는 없다.

여기는 최종 목적지가 아니니까.

가고자 하는 곳은 어딘가 다른 목적지이고,
나는 결국 그곳으로 가게 될 것이다.

주위를 천천히 돌아보면, 나를 행복하게 만들어주는 사소한 것들이 눈에 들어온다

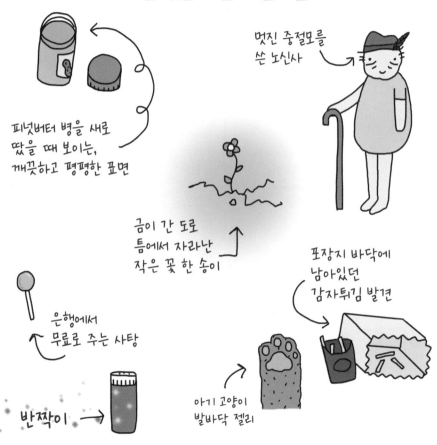

멋진 중절모를 쓴 노신사

피넛버터 병을 새로 땄을 때 보이는, 깨끗하고 평평한 표면

금이 간 도로 틈에서 자라난 작은 꽃 한 송이

포장지 바닥에 남아있던 감자튀김 발견

은행에서 무료로 주는 사탕

반짝이

아기 고양이 발바닥 젤리

작고 사소한 문제들이 나에게
닥칠 때마다 어떻게
해결하면 좋을지 하나씩
배워가는 중이야...

작고 작은 문제들이
쌓이고 쌓여서...

주도권을 완전히
빼앗겨 버리기 전에.

이제 그만 놓아버려야 하는 것들을 내가 붙잡고 있다는 걸 잘 알고 있어...

놓치지 않으려고 엄청나게 노력하고 있지만, 아무리 그래도 언젠가 끝이 닥친다는 것도 알아.

그래도... 내 문젯거리를 누군가 다른 사람한테 넘겨주면 안 되잖아!

보호막을 벗은 내 모습을 어떻게 남한테 보여줄 수 있겠어? 나약하고 부끄러워!

넌 너무 걱정이 많은 것 같아. 내가 보기엔 괜찮을 것 같은데.

난 너를 믿고 있어! 그냥... 놓아버려.

기분이 훨씬 좋아졌어.

나도 기뻐.

완벽함, 완전함

완벽함

끈기 있게 계속함

스트레스에서 탈출하는 방법

목적지와 상관없이 아무 기차에나 훌쩍 올라타서, 저녁노을 속으로 달려간다.

기차는 늘 시끄럽고 더럽다. 기차에 제대로 올라탈 수 있을지도 의문이야.

야생 늑대를 잘 꼬드겨서 그 무리에 들어가서 산다.

날고기를 먹을 수 있을까? 참, 갯과 동물들은 초콜릿을 먹지 못할 텐데.

서커스단에 입단해서 공중그네를 연습한다.

고소공포증은 어쩌고? 게다가 공중그네 의상은 엉덩이가 낀다고.

목욕을 하고, 책을 읽다가 일찍 잠자리에 든다.

지금까지는 이 방법이 최고!

최근 들어서 당신에게 힘든
일들이 많았다는 거 알아요.
정말정말 힘들다는 걸.

지금 내가 하려는 말이, 당신의
노력을 결코 가볍게 여기는 게
아니라는 걸 알아줘요.

당신이 포기하지 않는 모습을
보여준다면 나는 정말로 큰
감동을 받을 거예요.

얼마나 힘들지 알아요.
포기해버리면 훨씬
편하겠지만...

그대가 오늘밤을 버텨낸다면,
내일이 찾아올 테고
거기에는 희망이 있어요.

부디, 포기하지 말아요.

그래도 살 만하다고 느낄 때

새로 산 크레용 세트에 들어 있는 활용 팁들	키우던 식물에 꽃이 피어날 때	고개를 갸우뚱하는 강아지	깨끗한 침대 시트	무언가의 미니미 버전을 발견할 때
흠뻑 젖고 시려서 고생하던 발에 따뜻한 양말을 신길 때	구름을 가만히 보고 있을 때	책에서 나는 냄새	오리한테 모이 주기 고마워	아침에 마시는 커피의 첫 모금
좋아하는 립글로스 뚜껑을 열 때 나는 축축한 소리	시나몬 프렌치 토스트 시리얼을 쥐고 있는 애완용 생쥐 반짝이는 불빛		새로 깎은 연필	자면서 꿈꾸는 강아지... 작게 그르릉거리면서 발을 꿈틀거리지.
이른 아침, 이슬을 맞아서 반짝이는 잔디밭	나에게는 너무 큰 스웨터	낱말 맞추기 퍼즐을 완성할 때 No 261	뿍뿍이가 든 택배	쿠키! 쿠키는 항상 옳다
별자리	수영하는 사이에 햇빛을 받아서 따뜻해진 타월	고양이의 가르릉 소리	죽죽 늘어나는 바지	뒤뚱거리며 걷는 퍼그

내가 바보처럼 보일지도 몰라.

내가 약하다고 생각하나봐.

물론 네가 나를 으스러뜨릴 수 있는 건 사실이야...

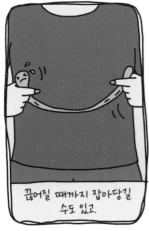

끊어질 때까지 잡아당길 수도 있고.

그런데 혹시 알고 있니? 난 결국 회복한다는 걸.

나는 남다른 강함을 지니고 있어. 바로 굴복하지 않는 것!

힘을
냅시다,
용사들이여!

작가에 대하여

내향적인 꼬꼬마

반짝이를 좋아해서
아동용 신발코너에서 종종 쇼핑을 함.

습관적인
과대망상

음. 안녕~
마지라고 해.

거울을 보며 립싱크를 자주 함.
(지금까지 들킨 적은 딱 한 번뿐!)

크레용 냄새 맡는
걸 좋아함

공감력 강함

식욕은 더 강함

나는 마지의
친구, 강아지
키코라고 해.

세계 최고의
강아지

사랑스럽고 특이한
요크셔테리어

책 쇼핑 중독

세상을 바꾸고 싶어
하지만 침대 시트 하나
바꾸는 것조차 고뇌함

얘에 대한 책이
나와도 될 정도

둘 다
치즈를 매우
좋아함

촉감에 대한 기준이 명확함
(극호: 물컹물컹, 보송보송, 보들보들
극혐: 까끌까끌, 쪼글쪼글, 거칠거칠)